Seo putan **dearg**.
An dùil dè a thachras
nuair a bhrùthas tu e?

Seo putan orains.
Dè a nì putan orains?

'S e putan **buaileadh boisean** a th' ann!
Buailibh ur boisean, a h-uile duine!

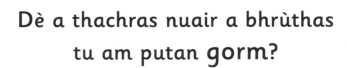

Dè a thachras nuair a bhrùthas
tu am putan **gorm**?

’S e putan **seinn** a th’ ann!

"Bidh cuibhleachan a’ bhus a’ dol car is car!"

A bheil fios aige air òrain eile?

Am brùth sinn
am putan **uaine** a-nis?

Thbbppppt!

Gabh mo leisgeul, can gu
bheil thu duilich **sa bhad.**

Seo rabhadh dhut.

Seo an cothrom mu dheireadh agad.

Thbbpppt!

Uill, ma tha thu gu bhith mar sin,
brùthaidh sinn am putan **buidhe** na àite.

Buiceil!

'S e putan buiceil a th' ann!
A h-uile duine a' buiceil!

Buiceil!

Buiceil!

Buiceil!

Buiceil!

Cuidich!

Brùth am putan **pinc** no bidh
sinn a' buiceil gu bràth.

Hu-rè, 's e putan
cudail a th' ann.

Àm airson cudail!

Sin am putan
as fheàrr.

Eil fhios agad?
Tha mi a' smaoineachadh gum
bu chòir dhuinn stad an seo.

Chan eil mì a' smaoineachadh gu bheil thu ag
iarraidh an ath phutan a bhrùthadh… a bheil?

Tha thu ag iarraidh a bhrùthadh?

A bheil thu cinnteach?

A bheil thu dha-rìribh cinnteach?

Ceart gu leòr...

brùth
am putan
purpaidh.

Obh obh, seo againn am putan **uaine** mì-mhodhail a-rithist.
An do dh'ionnsaich thu modh fhathast?

Aaa, am putan **gorm**.
Dè a sheinneas sinn an turas seo?

'Priob-priob, priob-priob, rionnag bheag...'

Brùthaidh sinn am putan **dearg** a-rithist.

A bheil cuimhne agad
dè am fuaim a nì e?

Seall, 's e putan ùr a th' ann.

Dè a bhios putan
geal a' dèanamh?

Sàmhach… 's e putan ‘cadail a th' ann.
Oidhche mhath, a h-uile duine.

Do Peter, 's ann dhutsa a tha an leabhar seo – S.N.
Do Toby, mo bhràthair (nach eil cho) beag – B.W.

Air foillseachadh sa Bheurla ann am Breatainn, 2022 le
Andersen Press Earr., 20 Vauxhall Bridge Road, Lunnainn, SW1V 2SA.
1 3 5 7 9 10 8 6 4 2

Teacsa © Sally Nicholls 2022.
Dealbhan © Bethan Woollvin 2022.

Tha còraichean Sally Nicholls agus Bethan Woollvin air an aithneachadh
mar ùghdar agus dealbhadair an leabhair seo bho thus air an daighneachadh.

A' chiad fhoillseachadh sa Ghàidhlig 2022 le Acair,
An Tosgan, Rathad Shìophoirt, Steòrnabhagh, Eilean Leòdhais HS1 2SD

www.acairbooks.com   info@acairbooks.com

© an teacsa Ghàidhlig Acair, 2022
An dealbhachadh sa Ghàidhlig Mairead Anna NicLeòid

Tha Acair a' faighinn taic bho Bhòrd na Gàidhlig.

Gheibhear clàr-catalogaidh airson an leabhair seo bho Leabharlann Bhreatainn.

Clò-bhuailte anns Na h-Innseachan.

LAGE/ISBN: 978-1-78907-105-4